TREVOR EL INGENIOSO

Escrito por Sarah Albee
Ilustrado por Paige Billin-Frye
Adaptación al español por Alma B. Ramírez

Kane Press, Inc.
New York

Acknowledgements: Our thanks to Marc Feldman, PhD (Physics, UC Berkeley), Professor, University of Rochester, for helping us make this book as accurate as possible.

Library of Congress Cataloging-in-Publication Data

Albee, Sarah.
   [Clever Trevor. Spanish]
   Trevor el Ingenioso / escrito por Sarah Albee ; ilustrado por Paige Billin-Frye ; adaptación al español por Alma B. Ramírez.
      p. cm. — (Science solves it! en español)
Summary: In an attempt to reclaim the playground, Trevor figures out how to use an uneven seesaw to teach Buzz and his bully buddies a lesson.
   ISBN-13: 978-1-57565-263-4 (alk. paper)
   [1. Levers--Fiction. 2. Bullies--Fiction. 3. Seesaw--Fiction. 4. Spanish language materials.]
I. Billin-Frye, Paige, ill. II. Ramirez, Alma. III. Title.
   PZ73.A4912 2007
   [E]—dc22

                                                                                    2007026571

10 9 8 7 6 5 4 3 2 1

First published in the United States of America in 2003 by Kane Press, Inc.
Printed in Hong Kong.

Science Solves It! is a registered trademark of Kane Press, Inc.

Book Design/Art Direction: Edward Miller

www.kanepress.com

—No los miren ahora, pero ahí vienen —dijo Kyle en voz baja.

Por supuesto que Amanda y yo *echamos* un vistazo. Y, dicho y hecho, ahí estaban los tres bravucones dirigiéndose hacia nosotros.

—Otra vez se van apoderar del campo de juego —dijo Amanda nerviosa.

Nuestro campo de juego no era de los mejores. El tobogán estaba un poco flojo. El subibaja estaba desnivelado. Y los aros de la cancha de baloncesto no tenían redes. Sin embargo, desde que éramos pequeños, a mis amigos y a mí nos encantaba pasar el tiempo allí... hasta que los bravucones empezaron a venir.

—Haz como que no los ves —dijo Kyle.

Amanda trató de lanzar la pelota, pero esta chocó en el aro. Nos quedamos mirando cuando la pelota se fue rebotando justo hasta donde estaba el más grande de los bravucones.

Se agachó y la recogió con una mano. Vi que su mano era del tamaño de mi guante de béisbol.

—¿Quieren jugar un partido de tres contra tres? —pregunté.

—¿Oyes eso Buzz? ¿Oyes eso Nicki? —se burló Rocky—. Quieren jugar tres contra tres.

Nicki hizo una mueca y miró a Buzz.

—¡Qué gracioso! —dijo Buzz sin reírse—.
Ustedes mocosos, ¿por qué no se van a jugar
por ahí?

Yo quería responder con algo muy
inteligente, pero todo lo que se me ocurrió fue:
—¿Ah, sí?

Buzz se acercó a mí. —Sí. ¡*Largo de aquí!*
Así que nos fuimos.

Amanda y Kyle se balanceaban en el
subibaja. —Esto es terrible —murmuró Kyle—.
Todos los días nos botan de la cancha y ahora
hasta usan *nuestra* pelota.

—Sí —dijo Amanda—. Terminamos jugando
en el subibaja como niños pequeños. Estoy
harta de estar aquí sentada, mirándolos jugar.

—Podrías cambiar de lugar con Kyle —dije
bromeando—. Así no tienes que mirarlos.

—No puedo —suspiró Amanda.

—¿Por qué no? —pregunté.

Amanda se encogió de hombros. —Este
subibaja no funciona. Cuando cambiamos de
lugar, Kyle se queda abajo y yo me quedo arriba.

Miré fijamente el subibaja. ¿Por qué ocurre eso? Kyle es mucho más grande que Amanda. ¿Tendría eso algo que ver?

—Oye, Trevor, regresa a la Tierra —dijo
Amanda—. Se hace tarde.

Esa noche después de la cena, construí un modelo de subibaja en el sótano. Lo hice desnivelado, igual que el del campo de juego.

Puse una bolsa de comida para gatos en el extremo corto de la tabla. Presioné el extremo largo con mi pie. Se levantó fácilmente.

Luego, puse la comida para gatos en el extremo *largo* de la tabla y presioné el extremo *corto*. ¡Uuf! Apenas lo podía mover. Las medias se me resbalaron y me caí.

Justo en ese momento entró mi hermana Beth. —¡Lo hiciste con mucha gracia! —dijo riendo. Entonces vio mi modelo—. ¿Qué haces con la palanca, Trevor?

—¿La qué? —pregunté.

Beth levantó las cejas. —Esa es una **palanca**
—dijo—. Las palancas son máquinas para
levantar cosas. Las estudiamos en ciencias.
Indicó las partes de la palanca.

Partes de una palanca

Esfuerzo: El trabajo que se
requiere para levantar la carga

Carga: Lo que se tiene que levantar

Fulcro: La base en la que se apoya la palanca

Luego dijo: —¿Sabes? Te resultaría más fácil levantar la bolsa de comida para gatos si la colocaras en el extremo corto.

—Sí, ya me di cuenta —dije.

¡Ah! De repente todo empezaba a tener sentido. ¡Ahora entendía por qué Kyle se tenía que sentar en el extremo corto del subibaja!

Entonces, se me ocurrió una idea. Quizás esto de las palancas me ayudaría a deshacerme de los bravucones.

—Supongamos que quiero que algo sea difícil de levantar —le dije a Beth—. Debo colocarlo lejos del fulcro, ¿verdad?

—Correcto. Veo que ser genio está en la familia —dijo Beth—. Pero ¿para qué quieres que algo sea difícil de levantar?

Sólo sonreí.

Al día siguiente, llegué al campo de juego después de Amanda y Kyle. Los bravucones ya estaban en la cancha de baloncesto. Caminé directamente hacia ellos.

—Este, ¿Trev? —dijo Kyle—. ¿Estás loco?

—Oye, Buzz —grité—. ¿Quieres participar en una competencia?

Buzz se sorprendió tanto que dejó caer la pelota sobre su propio pie.

—Apuesto a que puedo comprobar que soy más fuerte que tú —dije—. Si lo consigo, nos tienes que devolver nuestro campo de juego.

Buzz sonrió. —Bueno, mocoso, pero si pierdes, tienes que buscar otro campo de juego. Nada de pasar el tiempo aquí, *nunca* más. ¿Entiendes?

Tragué saliva. —Entiendo —dije.

Kyle y Amanda se quedaron mirando boquiabiertos mientras los bravucones me seguían al subibaja.

—Siéntate en la pal..., digo, en el subibaja —dije. Señalé el extremo corto.

Buzz me echó una mirada escalofriante, pero se sentó.

Me fui al extremo largo. Empujé con fuerza con una mano y Buzz se levantó en el aire.

—Gran cosa —dijo.

Esperé a que bajara. Entonces me trepé al otro extremo del subibaja.

—Ahora, levántame tú —le dije.

Buzz presionó con una mano el extremo corto del subibaja. Una mirada perpleja apareció en su rostro. Empujó con las dos manos. Apenas me podía levantar.

—¿Qué ocurre, Buzz? —le preguntó Nicki.

—Sí —dijo Rocky—. ¿Qué ocurre?

—¡Este tipo es muy pesado! —dijo Buzz enojado—. Debe tener piedras en los bolsillos.

Salté del subibaja y caminé hasta donde estaba Buzz. Volteé mis bolsillos para que Buzz viera que estaban vacíos.

—Parece que *soy* más fuerte que tú —dije—.
Ahora nos devuelven el campo de juego y
nuestra pelota.

—¡Guau! —susurró Amanda.

—¡Asombroso! —dijo Kyle.

Todos me miraban fijamente, menos Buzz.
Parecía que iba a echar vapor por los oídos.

Pateó con fuerza el subibaja.

—¡Ay! —dijo y se fue cojeando del campo
de juego.

—¡Vámonos! —les gruñó a los demás.

Al día siguiente, Kyle, Amanda y yo estábamos lanzando la pelota. De repente, Kyle dijo: —¡Aquí están otra vez!

Dicho y hecho, Buzz, Nicki y Rocky se dirigían hacia nosotros.

Buzz se paró frente a mí.

—Ya sé lo que hiciste —dijo—. Me tomó tiempo, pero al fin averigüé tu truco de la palanca.

En cuanto Buzz dijo eso, recordé algo. ¡*Buzz estaba en la misma clase de mi hermana!* Eso quería decir que sabía todo sobre las palancas.

Yo estaba en un lío.

De repente, Buzz sonrió. Luego me dio una palmada en la espalda con tanta fuerza que empecé a toser.

—¿Sabes algo? —dijo—. Para ser un mocoso, eres bastante ingenioso, Trevor.

—Gracias —le dije. Quizás Buzz no sea del todo malo, pensé.

—¿Qué tal un partido de tres contra tres? —preguntó Buzz.

Miré a Kyle y a Amanda. Ambos asintieron rápidamente.

—¡Te tomamos la palabra! —dije.

Ahora todos nos reunimos en el campo de juego. Buzz incluso trajo a su papá para que arreglara el subibaja. Dijo que era para asegurarse de que yo no hiciera más trucos de palancas.

¡Buena jugada, Trev!

Y ¿adivinen qué? Buzz dejó de llamarme
mocoso.

PIENSA COMO UN CIENTÍFICO

¡Yo puedo hacer un modelo!

Trevor piensa como un científico, ¡y tú también puedes hacerlo! Los científicos hacen modelos. Usan los modelos para investigar cómo funcionan las cosas. También usan los modelos para explicar sus ideas.

Repaso

En la página 10, ¿qué nota Trevor acerca de Kyle y Amanda? En la página 12, ¿qué observa acerca del subibaja? Mira las páginas 12–15, ¿cómo le ayudan a Trevor sus observaciones para hacer el modelo de un subibaja? ¿Qué materiales usa? ¿Qué descubre?

¡Inténtalo!

¡Haz tu propio modelo imitando el modelo de Trevor! Necesitas:

- una regla de madera
- un rotulador
- una carga o contrapeso, por ejemplo, una lata de atún

Coloca la regla encima del rotulador.

Primero, pon la carga en la parte corta de la regla. Levanta la carga, presionando la parte larga de la regla con tu dedo índice.

Luego, pon la carga en el extremo largo de la regla. Presiona el extremo corto.

¿Obtuviste los mismos resultados que Trevor?